170

PETITE BIBLIOTHÈQUE FRANÇAISE

La *Petite Bibliothèque Française*, ouverte à tous, généreux ou
soldats de l'armée des lettres, ne donnera que des œuvres tendant
à élever les cœurs et s'adressant toujours à des sentiments élevés.

DANS
L'ARGONNE

PAR

JULES DE GLOUVET

PARIS
LIBRAIRIE DES BIBLIOPHILES
Rue de Lille, 7

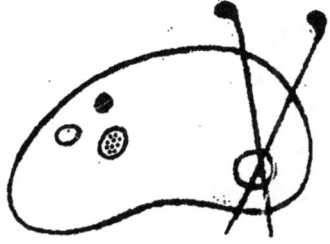

Fin d'une série de documents
en couleur

DANS L'ARGONNE

DANS

L'ARGONNE

JULES DE GLOUVET

PARIS

LIBRAIRIE DES BIBLIOPHILES

Rue de Lille, 7

—

M DCCC LXXXVIII

DANS L'ARGONNE

I

Au premier appel du tambour, les habitants de Florent en Argonne étaient accourus sur la place publique. De minute en minute la foule grossissait : bûcherons et pâtres, meuniers et laboureurs se pressaient, avides de nouvelles, autour des deux étrangers. Dès que le demi-cercle fut formé, le soldat mit au repos ses baguettes ; et le sergent, brandissant un papier, monta sur une charrette dételée. Il allait parler, quand un fluet personnage à cheveux plats se suspendit à l'une des roues et le prévint.

« Citoyens, commença l'intrus, une nation libre est invincible, et il a suffi d'un regard de nos yeux courroucés pour mettre en fuite les tyrans. »

Un jeune homme d'allure hardie l'interrompit :

1.

« Assez de phrases creuses, Monsieur le moine défro
qué ; il ne faut tromper personne : c'est nous qui recu
lons. »

L'orateur protesta aigrement :

« N'en déplaise au citoyen géomètre Beaussant, je sou
tiens qu'aujourd'hui, 16 septembre 1792, la défaite d
Brunswick est décrétée. »

Des murmures se firent entendre.

« Des décrets ?... Un fameux remède ! Laissez parle
le sergent. »

Le vétéran, objet de l'attention générale, étendit le bra
vers la foule.

« Gens de Florent et de Claon, lança-t-il de sa voi
rude, nous sommes en danger. Il ne s'agit plus de pérore
mais de se battre. Les défilés d'en haut sont forcés,
Dumouriez se reforme derrière nous pour arrêter la march
des Prussiens. En même temps, l'armée autrichienne veu
franchir votre trouée des Islettes pour nous prendre
revers. Si elle s'ouvre passage, tout est perdu. N'aidere
vous pas Dillon à défendre vos rochers et vos bois ? Ave
vous, mes garçons, du sang français dans les veines ? »

Une clameur formidable s'éleva. Des hommes bran
dirent leur pioche en criant : « Bataille ! » Une mèr
poussa devant elle ses jumeaux de dix-huit ans, et dit a
soldat : « Emmenez-les. » Un vieillard courbé en deu
se découvrit et redressa son front chauve : « Que le
jeunes s'apprêtent, j'irai devant. »

Le sergent reprit, après un roulement de tambour :

« Bien, les amis ; maintenant je vais lire la proclamatio
de Dumouriez.

Citoyens, avait écrit le général, *je vous somme, au nom de la patrie, de nous apporter vos grains, de faire retirer vos bestiaux derrière nos camps ; je vous invite à profiter de l'âpreté de vos montagnes et de l'épaisseur de vos forêts pour m'aider à empêcher l'ennemi d'y pénétrer. En conséquence, je vous annonce que, si les Autrichiens s'avancent pour traverser les défilés, je ferai sonner le tocsin dans les paroisses en arrière des bois de l'Argonne : à ce son terrible, que tous ceux d'entre vous qui ont des armes à feu se portent sur la lisière de la forêt ; que les autres, munis de pelles et de cognées, coupent les arbres sur la bordure et en fassent des abatis pour arrêter l'envahisseur. Quiconque mettra obstacle à la défense sera dénoncé à l'Assemblée nationale comme lâche et parjure ; et, si j'y suis forcé, j'emploierai tous les moyens militaires pour faire exécuter ce que je crois nécessaire au salut de la patrie.*

L'homme que Beaussant avait qualifié de moine défroqué protesta seul au milieu de l'enthousiasme général :

« Délibérons, plutôt ; nous ne pouvons défendre à nous seuls le passage des Islettes contre vingt mille oppresseurs.

— Une quenouille à Dancourt ! » hurla un scieur de long.

Le sergent toisa Dancourt avec une fierté dédaigneuse :

« N'ayez pas peur, Monsieur l'abbé ; nos régiments gardent déjà le défilé. Vous y trouverez Gobert, Marceau et autres de même poil, pour vous tenir compagnie.

— Et nous préserverez-vous des boulets ? Vos canons sont sans attelages. »

Cent bras musculeux se dressèrent à la fois :

« Eh bien ! nous les porterons nous-mêmes sur les crètes. En route, et vive la France ! Sergent, faites battre la charge, nous aimons mieux cela que le tocsin. »

Peu d'instants après, les rudes habitants de Florent, chargés d'armes et d'outils, suivis de femmes qui portaient les vivres, contemplèrent du haut de leur tertre l'étroite vallée de la Bienne qui se déroulait à leurs pieds, les croupes forestières de l'Argonne, qui leur faisaient face, et résolument se mirent en marche derrière le tambour.

Advenu à mi-côté, Dancourt, qui formait l'arrière-garde, arrêta quelques-uns des villageois et leur désigna du doigt un clocher émergeant à une faible distance au bord du ruisseau. Sa face bilieuse devint verdâtre; et sa bouche, convulsée par les passions sournoises, s'ouvrit comme pour mordre.

« Citoyens, ne voyez-vous pas le bourg de Claon ? L'aviez-vous donc oublié, ce repaire des *Hazis* ? Vous osez courir à la bataille en laissant ainsi les traîtres derrière vous ? Insensés ! Vous serez vendus dans une heure. »

A ces mots, les derniers rangs s'arrêtèrent.

« C'est vrai, cela; il n'y a plus de sûreté... Si nous restions ? »

Le géomètre Beaussant vit ce commencement de débandade; il en devina les causes et se rapprocha vivement. Son regard loyal chercha l'œil fuyant de Dancourt.

« Écoutez, lui dit-il avec colère, je commence à être las de vos intrigues. Je ne souffrirai pas qu'à l'heure de notre lutte contre l'étranger, vous veniez nous prêcher la haine et dénoncer des Français. »

Le politicien répondit d'un air menaçant :

« C'est bon ; vous êtes l'ami des nobles, Robert Beaussant, on le sait de reste. Passez votre chemin et laissez-moi remplir mon devoir civique. »

L'autre devint pâle de colère.

« Essaye de te venger de ceux dont tu as été le plat parasite, et qui t'ont chassé comme filou.

— Et toi, renie la cause du peuple pour une demoiselle de Beaudreuil qui te paye en mépris. Faux frère !

— Je suis meilleur patriote que toi. Viens en forêt, je te le prouverai devant les balles allemandes.

— En forêt ? Non. L'ennemi est là. »

Il montra de nouveau le bourg de Claon. Les paysans, tous amis ou parents du géomètre, flottaient entre l'agitateur et lui, lorsque soudain la fenêtre d'une grande maison fut entre-bâillée, et plusieurs têtes s'avancèrent discrètement. Aussitôt un des volontaires montra le poing et vociféra :

« Voyez-vous ? Les hazis. Oui, l'ennemi est là ; trahison ! »

Beaussant comprit alors son impuissance ; il quitta vivement la queue de la colonne et disparut derrière un bouquet de pins.

I I

On croit communément que la Révolution, à l'heure de la suppression des privilèges, trouva partout en face d'elle une noblesse riche et puissante, fortifiée dans ses terres, à la Cour ou aux armées ; il en fut tout autrement.

Depuis longtemps les prodigalités de la caste oisive, la confiscation, les guerres civiles, la décadence fatale des familles et les caprices du Pouvoir avaient accompli leur œuvre : le patriciat comptait partout des déclassés. Ici, des hommes titrés avaient dû quitter l'épée pour conduire la charrue ; là, d'autres s'enterraient dans les emplois subalternes. Le commerce leur était interdit : il faisait perdre la qualité de gentilhomme ; mais nos rois, soucieux de rendre son ancien lustre à la verrerie nationale, permirent aux nobles de s'y adonner sans déchéance ; et la chevalerie ruinée trouva là son principal moyen d'existence. Les maîtres souffleurs formèrent une véritable population dans certaines provinces, notamment dans les Ardennes et dans l'Argonne. Parfois l'un d'eux obtenait, grâce à quelque favorite, une place pour ses enfants dans les maisons royales, et tentait de la sorte une résurrection de sa race ; mais le plus souvent les gentilshommes verriers ne léguaient à leurs fils que l'ignorance et la pauvreté. Leur visage brûlé, leurs mains calleuses, leurs longues chemises blanches, faisaient d'eux des types à part ; la noblesse opulente les reniait comme entachés de travail manuel, et ils dédaignaient le peuple à raison de leur origine. En perdant tout leur prestige, ils avaient conservé tous leurs préjugés. Les ouvriers de la campagne ne pardonnaient pas à des égaux cette morgue, rendue plus blessante par un incessant contact ; l'antagonisme était violent, ils avaient donné aux verriers le sobriquet de *Hazis* (brûlés), et ceux-ci les appelaient « les mâtins ».

Par une rare prédominance du sentiment sur l'intérêt, ces déshérités maudirent la Révolution, et la Révo-

lution frappa ces travailleurs. Dans cette lutte, ils se sou-
vinrent trop qu'ils étaient gentilshommes, elle oublia trop
qu'ils étaient verriers.

Le rappel battu à Florent avait été entendu dans la vallée
de Claon, et, tandis que les forestiers couraient pour in-
terroger les soldats, d'autres habitants rasaient discrètement les murailles et pénétraient par les derrières dans un
grand logis situé à l'extrémité du village. Étranges hôtes,
en vérité. Ils portaient la houppelande en étoffe grossière
du marchand forain, ou l'habit court à boutons blancs du
garde-chasse; ils étaient pour la plupart chaussés de sabots,
avec la longue guêtre montant au genou; seul leur chapeau de feutre sentait la recherche; chez quelques-uns la
crosse d'un pistolet plaqué d'argent sortait à demi de
l'ample ceinture.

La maison qui leur servait de point de ralliement ou de
refuge n'avait pas un aspect moins étonnant. Surmontée
de girouettes comme une châtellenie, elle était précédée
d'un jardin où fleurs et légumes vivaient dans une pro-
miscuité singulière. Des pièces de linge raccommodé pen-
daient sur une corde, en travers de l'allée principale, à
quelques pas d'une statue équestre, bardée d'emblèmes
héraldiques. La porte ogivale, dont un encombrement de
verre et de tessons avait rétréci l'accès, conduisait à un
rez-de-chaussée aménagé en laboratoire et en magasin.
Dans le vestibule, les brouettes. Au sommet de l'escalier
vermoulu, des vêtements d'artisan pendus au mur; et,
tout auprès, l'entrée d'une grande salle. Là, par un con-
traste saisissant, s'entassaient les témoignages de l'orgueil
nobiliaire et les débris de la richesse évanouie : hauts

bahuts de famille, armes de prix, portraits d'ancêtres, large écusson surmontant la cheminée,.. histoire d'une décadence écrite avec des reliques.

Un grand homme à cheveux gris et une fille de vingt ans occupaient seuls la vaste pièce quand le tambour battit sur le coteau voisin. Le jour filtrait à peine entre les lames des volets clos.

« Les *mâtins* s'arrêtent-ils devant la maison, Marie ? demanda l'homme en dirigeant une main inquiète vers une panoplie.

— Non, mon père, ils gravissent la route. Sauf quelques femmes aux portes, Claon est désert.

— Encore une fausse alerte ! Mais j'entends du bruit dans le jardin, à présent... Que signifie... ? »

Il entr'ouvrit la porte et prêta l'oreille. Après trois cris particuliers qui révélaient un secret accord, une voix sonore s'éleva :

« Monsieur de Beaudreuil, ouvrez vite. »

Le maître du logis descendit précipitamment en disant :

« N'aie crainte, Marie ; ce sont ces messieurs. »

Quelques minutes plus tard, dix ou douze personnes se trouvaient assises dans le salon. Un des survenants, à qui Beaudreuil avait offert le siège d'honneur, prit gravement la parole :

« Chevalier, nous sommes venus chez vous pour tenir conseil. Les armées se rapprochent, le peuple se soulève, notre situation à Claon devient intenable.

— Nous sommes punis de n'avoir pas émigré en même temps que nos amis, Monsieur le baron de Puy-Guillot, dit un jeune homme avec amertume.

— Ces plaintes ne sont plus de saison. Nous sommes tous gentilshommes verriers, tous menacés également par les rebelles. Unissons-nous dans la mauvaise fortune.

— Ne pouvons-nous demeurer sans bruit dans nos ateliers ? proposa un gros sire d'humeur pacifique.

— C'est impossible : Dancourt nous dénonce au club de Châlons et Dumouriez parle de nous faire arrêter.

— Avez-vous un plan d'évasion ?

— Certes.

— Parlez donc, Baron ; vous êtes notre chef de file ; tout le monde vous suivra. »

Puy-Guillot s'inclina devant la jeune fille :

« Mademoiselle ayant refusé de partir avec les autres personnes de son sexe, nous devons d'abord...

— Non pas ; oubliez que je suis là, dit vivement Marie de Beaudreuil ; quoi qu'il arrive, je ne quitterai pas mon père.

— Eh bien, la situation est fort simple. Éloignons-nous sans retard et rallions soit l'armée de Condé, qui marche sur Vouziers, soit Son Altesse le landgrave, qui occupe Clermont. Les bois nous serviront de chemin couvert.

— Projet impraticable : tous les passages sont gardés.

— Nous les forcerons, corbleu ! s'écria l'un des verriers en montrant le pommeau d'une épée sous sa blouse.

— Oui, appuya un autre. On nous a déclaré la guerre ? Relevons le gant. Résistons, comme nos aïeux à la Jacquerie. »

Le gros partisan de la paix intervint :

« Moins haut, de grâce ; on pourrait nous ouïr du dehors.

— Nous épierait-on ? » demanda vivement Puy-Guillot.

C'est alors que plusieurs gentilshommes ouvrirent les volets et furent aperçus des forestiers qui descendaient de Florent.

« Les mâtins ne sont pas loin et nous menacent. Prenons notre parti sur-le-champ. Armez-vous, Messieurs; vous nous offrez votre arsenal, Chevalier ?

— Assurément.

— Et vous êtes des nôtres ? »

Beaudreuil regarda sa fille, hésita et allait répondre, lorsque Marie lui étreignit le bras et se plaça entre les verriers et lui.

« Attendez, mon père. Je hais autant que ces messieurs le peuple et la révolution; mais j'aime Claon, la maison, notre existence calme... Pourquoi partir avant qu'on nous y force ?

— Et la cause du Roi, l'abandonnerez-vous ? » fit le baron.

La discussion s'anima. Beaudreuil allait être, comme Beaussant, traité de faux frère dans son camp parce qu'il était sage, lorsque tout à coup la porte du jardin fut violemment secouée.

III

Ces hommes étaient braves, aucun d'eux ne tressaillit; Puy-Guillot dégaina, et de sa main gauche retroussa la lourde portière.

« Permettez-moi de vous quitter, Messieurs, dit le

maître du logis avec courtoisie, je vais congédier l'importun. »

Marie le retint en désignant du doigt les verriers.

« Restez, mon père; j'irai, moi. Il est nécessaire qu'on me croie seule céans.

— C'est juste; le repos de nos hôtes l'exige. Va, et sois prudente. »

La jeune fille, arrivée derrière l'huis, demanda d'une voix assurée :

« Qui va là ?

— Ouvrez sans crainte, Mademoiselle : c'est Robert Beaussant. »

Marie tira les barres et cria, du pied de l'escalier :

« N'appréhendez rien, mon père; on a frappé par erreur. »

Puis elle se retourna vers le visiteur et dit sèchement :
« Que voulez-vous ?

— Vous sauver.

— Vous aurions-nous par hasard appelé à notre aide, *Monsieur* Beaussant ? »

Robert la contempla avec une compassion douloureuse.

« Soit, répondit-il; les Beaudreuil ne veulent pas du dévouement d'un *mâtin,* voilà votre pensée. Je ne suis qu'un homme de cœur et un ami : ç'est trop peu, je l'admets; mais ce que je n'admets pas, c'est que votre orgueil vous coûte la vie. Or, dans dix minutes vous serez assiégés par des furieux, et je viens vous défendre malgré vous.

— J'ai mon père, j'ai nos amis : c'est assez.

— Ce n'est qu'un danger de plus. Écoutez-moi, je vous

en conjure. Pouvez-vous oublier que nous avons été
élevés côte à côte dans ce village? J'étais votre voisin, le
compagnon de vos jeux ; vous m'appeliez Robert, nous
nous aimions... Rien ne nous séparait, alors ; votre père
travaillait comme le mien pendant que nous courions ensemble dans les prés. Je ne tirais pas plus vanité de ma
petite fortune que vous de votre naissance ; nous nous
trouvions égaux devant Dieu.

— La femme est-elle responsable de l'ignorance de
l'enfant? Vous n'êtes pas généreux de me rappeler ce
passé.

— Êtes-vous généreuse, vous, en le reniant ? Quand
votre mère est morte, qui donc a pleuré avec vous ? Vous
m'appeliez, chaque matin, pour porter ensemble des
fleurs sur sa tombe. L'écolier et la petite fille étaient unis
comme un frère et une sœur... Et vous me reprochez de
n'avoir pas changé! »

Le jeune géomètre, pâle et tremblant, était courbé dans
une attitude respectueuse. Sa course rapide avait mouillé
son front de sueur, le vent avait rejeté en arrière son
épaisse chevelure, et le désordre pittoresque de ses vêtements donnait un vigoureux relief à sa mâle beauté. En
achevant, il baissa la tête et demeura immobile, appuyé
sur le canon de sa carabine.

La demoiselle de Beaudreuil était petite ; mais l'élégance
de sa taille et l'harmonie de ses formes rachetaient am-
plement ce léger défaut. Ses traits étaient délicats sans
fadeur, sa physionomie énergique sans dureté. Le regard
tour à tour profond et rêveur décelait l'intensité de la
pensée; la bonté du sourire corrigeait l'orgueil du front;

son costume, à la fois coquet et rustique, lui imprimait un charme indéfinissable.

Les paroles de Robert lui causèrent une involontaire émotion; mais sa voix bientôt s'affermit.

« Écartons de tels souvenirs, Monsieur Beaussant; nous suivons des routes différentes, nos castes sont à jamais ennemies.

— Oui, je suis à vos yeux un rebelle parce que j'aime la France et la liberté. Mais pourquoi me haïr? Je ne hais personne, moi; je n'ai que la passion du soldat.

— Les hazis aiment la France autant que vous, répliqua-t-elle avec hauteur.

— Non, car en ce moment votre salon est plein de hazis qui sont les alliés secrets de l'Allemagne. Voilà pourquoi nos gens irrités, conduits par un gredin, vont attaquer votre demeure.

— Vous voulez m'effrayer, dit Marie en frissonnant malgré elle.

— Écoutez ce bruit plus effrayant que mes paroles. »

Des cris furieux s'élevaient à cet instant devant la maison :

« A mort les hazis! Ils sont là! Ouvrez, ou nous brisons la porte. A mort!

— Mademoiselle, murmura sourdement Robert, faites sortir les verriers par ici, ou tout est perdu. »

Mlle de Beaudreuil gagna en courant le premier étage. Les assiégés entassaient des meubles dans le corridor pour résister à un assaut. La jeune fille les supplia vainement de ne pas engager une lutte inégale.

« Allons donc! fit le baron; que les manants commencent par se retirer, nous verrons ensuite; mais aucun de

2.

nous ne cédera à la menace. Ils sont trente, nous sommes douze; c'est fort bien ainsi. »

De leur côté les paysans vociféraient à l'envi, les colères grandissaient. Les clôtures ayant résisté à la première poussée, ils parlèrent d'enfumer les verriers.

« Non, conseilla Dancourt; dix hommes au jardin, le reste ici; et battez chaque porte avec une pièce de bois; ce sera vite fini.

— Voilà ce que je redoutais ! » s'exclama Beaussant.

Et, pensant au péril que courait Marie, il gravit résolument l'escalier.

« Messieurs, dit-il en s'arrêtant sur le palier et sans prendre garde aux pistolets braqués sur lui, je ne suis ni l'ami de vos agresseurs, ni le vôtre; je me permets donc de vous donner un conseil désintéressé : ne pourriez-vous choisir mieux votre champ de bataille? En restant céans, vous vouez au pillage le logis de votre hôte, et vous condamnez à mort une jeune fille. »

Puy-Guillot et ses compagnons parurent déconcertés et se consultèrent du regard.

« A vrai dire, confessa l'un, j'avais déjà pensé cela.

— C'est fort sensé, après tout, risqua un autre; qu'en dites-vous, Baron?

— Oui, tout pesé, nous aurions pu mieux faire. »

Un premier coup de bélier fut déchargé dans la porte; les ais craquèrent.

« Messieurs, cria Puy-Guillot, épargnons la maison de Beaudreuil. La voie est encore libre...

— Oui, répondit-on; allons croiser galamment le fer au soleil. »

Aussitôt, réunis deux par deux, ils se dirigèrent, sans hâte, vers l'étage inférieur. Le chevalier et sa fille, par une suprême politesse, ne consentirent à descendre qu'après le dernier de leurs hôtes. Beaussant alors se plaça entre eux et la bande, et suspendit leur marche. Son regard adressait à Marie toutes les prières de l'affection et toutes les promesses du dévouement: Celle-ci, toujours hautaine, lui dit d'un ton méprisant :

« Qu'est ceci ? Nous sommes des hazis aussi, nous. Faites-nous place. »

Le géomètre montra Beaudreuil d'un geste touchant :

« Insultez-moi, Marie, mais laissez-moi du moins sauver votre père. »

Elle fut un instant troublée; Robert en profita pour l'entraîner avec le verrier dans la grande salle. Il ferma la porte, enleva la clef et se plaça debout au milieu du corridor.

I V

Les gentilshommes verriers descendaient trop tard. A peine eurent-ils gagné la porte du jardin que les paysans débordèrent de la ruelle. En même temps la porte opposée volait en éclats. Il fallait se frayer immédiatement un passage sous peine d'être enveloppés.

« Piquez droit, cria Puy-Guillot, cette poignée de malotrus ne compte pas. Mais gardez-vous du bruit pour ne pas attirer les autres. »

La petite troupe se précipita. Son front hérissé de

pointes d'épée força les assaillants à s'écarter ; et quand, après une légère bousculade, ceux-ci voulurent poursuivre les hazis dans la ruelle, quelques coups de pistolet, d'ailleurs inoffensifs, calmèrent les plus échauffés.

Dancourt, qui avait observé à distance le *bourvari*, s'approcha bientôt des forestiers.

« Maladroits ! s'écria-t-il ; pas même un prisonnier ! A quoi êtes-vous bons ? Il ne reste plus maintenant qu'à s'occuper de ceux qui sont restés au logis ; le résultat sera maigre.

Il quitta le jardin tout grommelant, et monta l'escalier. Encore quelques pas, et Beaussant se trouva devant lui.

« Que faites-vous là ? demanda-t-il d'un ton haineux.

— Et vous-même, citoyen ? repartit en souriant le géomètre.

— Je fais la chasse aux espions, moi.

— Le gibier est envolé. Ne l'avez-vous pas aperçu du jardin ?

— Il n'y avait pas de femme dans la bande, mon maître ; donc les Beaudreuil sont encore ici.

— Allez, allez ; les dames se déguisent, et on les prend pour des hommes.

— Illusion de géomètre. Rangez-vous, je vais visiter ce noble salon. »

Ce disant, il tenta d'écarter Beaussant, qui le repoussa d'une poigne vigoureuse.

« Je vous répète qu'il n'y a personne, Monsieur Dancourt. On ne viole pas sans mandat le domicile des citoyens. Au large. »

Les paysans groupés en arrière firent entendre quelques

murmures. Robert les toisa avec une assurance énergique :

« Mes amis, fit-il, cet homme vous détourne de vos
devoirs de patriotes pour vous armer en guerre contre un
vieillard et une enfant; c'est lâche. Souvenez-vous que
les Beaudreuil sont des ouvriers comme nous, et qu'une
maison sans défense est sacrée. Les hazis sont en fuite,
n'en demandez pas davantage.

Ces mots d'un homme dont ils connaissaient la droiture
causèrent une vive impression aux gens de Claon. Ils ap-
prouvèrent, et firent mine de s'éloigner. Mais Dancourt
ne consentait pas ainsi à lâcher sa proie. Il revint furieu-
sement à la charge. Alors le géomètre prit du champ et
brandit son fusil par le canon comme une massue.

« Si vous entrez, déclara-t-il, c'est que je serai mort !
Malheur au premier qui s'avance : je lui fends la tête ! »

Tout le monde s'arrêta; Dancourt battit en retraite en
sifflant comme une vipère :

« Beaussant, nous nous reverrons.

— Quand tu voudras. »

Bientôt le vieux logis redevint silencieux, et la porte
du salon fut ouverte.

« Monsieur, dit le verrier en ôtant son chapeau, vous
nous avez sauvé la vie. Merci pour cette enfant et pour
moi.

— Je n'ai rien fait encore, Monsieur de Beaudreuil,
puisque vous êtes à Claon. Voici la guerre déclarée aux
verriers : on va vous arrêter, ou faire pis encore. La pru-
dence exige que vous partiez sur l'heure.

— Je ne le puis. Quelle route suivre sans tomber aux

mains des Dancourt? Que devenir, sans ressources et sans amis?

— Allez, Monsieur le chevalier; l'homme qui sait travailler peut vivre partout. Au retour, votre maison sera intacte, j'en réponds. Quant au départ, je puis vous servir de guide.

— Quoi! vous feriez cela?

— Eh bien, oui! mais à une condition. »

Marie lui jeta un regard dédaigneux :

« Apprenez, Monsieur, que nous ne subissons les conditions de personne. »

Robert répondit froidement :

« Tant pis. Pour moi, Mademoiselle, je ne marchande pas mon dévouement, vous devez le savoir; mais je ne transige jamais avec ma conscience.

— Vous avez le droit de parler, Monsieur, interrompit le verrier; quelles sont vos conditions?

— Les voici : promettez-moi, en émigrant, de ne pas porter les armes contre la France, et je vous conduis sain et sauf en vue des lignes autrichiennes.

— Regardez-moi : ai-je l'âge d'un soldat?

— C'est le cœur qui fait le soldat, et le cœur n'a pas d'âge. Soyez un exilé, et non un transfuge, voilà ma condition.

— Ne vous engagez pas, mon père, se récria Marie.

— Si, ma fille, ne fût-ce que pour assurer ton salut. Monsieur, vous avez ma parole. »

Après quelques rapides apprêts, le gentilhomme verrier et sa fille quittèrent le toit qui les avait vus naître. Beaussant prit sur ses épaules le havre-sac de l'émigré et sortit

du bourg par des voies désertes. Bientôt les fugitifs ga-
gnèrent le bois, et, par un long détour, atteignirent le
massif forestier qui s'abaisse vers Clermont. Grâce à sa
parfaite connaissance des passages, le robuste guide sut
éviter toute fâcheuse rencontre. Il surveillait à la dérobée
Marie, dont l'allure impassible déguisait mal la fatigue;
en vain il écartait les épines devant elle : la jeune fille
passait à grand'peine à travers le hallier; les aspérités du
sol, les cloaques, les racines surplombantes, souillaient ou
meurtrissaient son pied délicat. Robert souffrait. Elle
allait disparaître, peut-être pour toujours, cette compagne
du premier âge qu'il avait portée tant de fois sous les
mêmes couverts, à la recherche des nids d'oiseaux! Que
deviendrait-elle, dans les hasards de sa précaire existence?
Et le père, vieux avant l'âge et affaibli par le chagrin,
pourrait-il protéger cette enfant sur la terre étrangère?
Leur pain du lendemain était-il même assuré? Arrivé près
d'un carrefour, le jeune homme feignit de boucler une de
ses guêtres, resta en arrière, et glissa vivement quelques
pièces d'or — toutes ses économies ! — dans le havre-sac
de l'exilé.

« Quand ils seront loin, se dit-il, Marie pensera peut-
être à moi sans orgueil. »

A mesure qu'ils avançaient, le danger devenait plus
sérieux. A leur droite s'organisaient à grand bruit les travaux de défense; des escouades de volontaires pénétraient
dans le fourré pour abattre des arbres; devant eux les
avant-postes veillaient, et les rôdeurs des compagnies
franches avaient l'œil perçant. Des cris d'appel s'élevaient de
toutes parts. Tout à coup Robert fit un signe aux fugitifs.

« Ne faites pas le moindre bruit, dit-il à voix basse; nous côtoyons un campement.

— Des soldats ?

— Non ; les femmes et les enfants du village, réfugiés sous bois. Par bonheur ils n'ont pas de chiens pour nous éventer. »

Beaudreuil et sa fille entendaient distinctement les conversations étouffées, et, par instants, le trépignement des bestiaux. Ils passèrent sans donner l'éveil et bientôt se trouvèrent au bord des bois du côté de l'ennemi.

« Maintenant, dit le géomètre en déposant à terre le sac de l'émigrant, à la grâce de Dieu! Il n'y a pas de sentinelles ici ; ces rochers se gardent bien tout seuls. Voici une corde à nœuds, laissez-vous glisser jusqu'en bas et traversez le marais en suivant la ligne de pierres. Le chemin de Clermont est au bout.

— Adieu, Monsieur, soyez heureux », dit froidement Marie.

Beaudreuil hésitait à lui tendre la main.

« Non, Monsieur, fit Robert avec un sourire empreint d'amertume ; je ne suis pas verrier. »

Et, jetant son fusil sur l'épaule, il s'éloigna rapidement.

V

Tandis que le chevalier attachait la corde, sa fille monta sur une éminence voisine, explora d'un œil hardi le bois et la plaine, et demeura plongée dans une profonde méditation. Elle avait aperçu devant elle, du côté de la

Cardine, une ligne de vedettes; c'étaient les chasseurs hessois. L'un d'eux était plus près, adossé au mur d'une ferme brûlée, en pleine lumière; ce fut lui qu'elle regarda longuement. C'était donc là le libérateur ? Les siens le lui avaient appris à distance; maintenant elle voyait. Ce costume inconnu lui causa d'abord de l'étonnement; cette surprise peu à peu fit place à un vague effroi. Pourquoi, si c'était un ami, pliait-il sous le poids des engins de meurtre ? Comment saluer son approche, quand son pied écrasait le sillon tracé par nos laboureurs ? Cette troupe accourue de lointaines contrées la faisait songer, quoi-qu'elle en eût, aux bandes de loups et aux bandes de corbeaux. Et cet homme embusqué devant elle portait le vêtement d'un autre peuple; il parlait une langue ignorée; son visage étonnait comme une chose nouvelle. L'ami, non; c'était l'étranger. Marie, en regardant l'homme, vit les choses qui lui servaient de cadre. Tout, dans la cam-pagne, jusqu'au caillou, jusqu'au buisson, était la France. Les arbres qui s'élevaient derrière le Hessois plongeaient leurs racines dans le sol français, et leur cime dressée vers le ciel semblait en prendre Dieu à témoin. Tout protestait contre cette présence du Germain, la nature morne, le silence funèbre, le coteau déserté. L'étranger jetait le suprême défi en montant la garde sur des ruines. La ferme incendiée portait sur ses flancs noircis l'histoire d'hier et de demain : le paysan sans abri, la moisson détruite; peut-être un cadavre d'aïeule enseveli sous la cendre.

Marie, élevée dans les principes étroits d'une caste, n'avait su jusque-là qu'aimer ce qui touche aux rois, et

3

que mépriser ce qui tient au peuple; mais la vue de l'invasion lui enseigna la notion grandiose de la patrie. L'uniforme du Hessois, éclairé aux feux du soleil couchant, lui rappela nos pauvres soldats, conscrits souillés de boue, qui arrivaient du camp de Maulde en chantant des refrains français. En même temps sa pensée alla de la maison brûlée au village de Claon, dont les habitants avaient fui le travail paisible pour courir à la défense de leurs sentiers. Les femmes, les enfants, étaient cachés sous bois, tout près d'elle; les troupeaux s'abritaient sous la futaie voisine; non, l'étranger ne mangerait pas nos moutons; et le bûcheron qui brandissait là-bas sa cognée avait sa femme derrière lui, qui criait : « Courage ! »

De tous ces riverains de l'Argonne, Marie connaissait le nom et le visage; elle avait grandi près d'eux; sa mère dormait dans leur cimetière. Ils prononçaient les mêmes mots, dans la douleur et dans la joie; leurs toits étaient voisins; elle disait comme eux : « Notre village. » Elle eut les yeux dessillés : ces gens-là, c'était sa famille; l'autre, ce Hessois, c'était l'ennemi.

Marie de Beaudreuil croisa les bras sur sa poitrine, et, regardant encore la vedette, maudit l'envahisseur.

« Viens, dit le chevalier, notre corde est solide.

— Mon père, je ne partirai pas !

— Que dis-tu là ?

— J'ai réfléchi. Parfois la vérité nous apparaît en une minute, après de longues années d'erreur : il faut rester ici.

— Avec les mâtins révoltés ? Merci bien !

— Voyez-vous là-bas cet Allemand ?

— Oui, certes, notre espoir est là. »

La jeune fille frémit, et protestant d'un geste solennel :

« Là-bas, mon père, sont ceux qui pillent la France ; ici, ceux qui la défendent.

Elle avait à peine achevé ces mots qu'un coup de canon partit des lignes autrichiennes, et que dans la forêt redoubla le bruit des haches et des chariots.

« Comprenez-vous maintenant ? reprit-elle. Votre bisaïeul est mort à Denain ; faisons donc comme les compagnons de Villars. La France d'abord, mon père.

— Eh bien, restons neutres, soit. Retournons à Claon.

— Claon est ici ! » répondit Marie en montrant le hallier,

D'un pas ferme elle entraîna le chevalier qui hésitait encore, et pénétra dans le campement. Tous les reconnurent du premier regard et jetèrent un cri de défiance.

« Les verriers ! Nous sommes trahis ! »

Mlle de Beaudreuil s'approcha résolument :

— Non, mes amis. Deux voisins viennent partager vos épreuves ; leur refuserez-vous une place au milieu de vous ?

— C'est que nous sommes mal logés pour des gens de votre sorte, repartit avec aigreur la femme du forgeron.

— Bah ! nous souffrirons ensemble. Je travaillerai avec vous.

— Et le monsieur ? Il n'y a pas d'hommes, ici : nos fils ne se cachent point. »

Le sang monta au visage du gentilhomme ; il se redressa fièrement.

« Vos fils n'auront pas honte de Beaudreuil ; j'irai me battre avec eux. »

Le lendemain les travaux de défense se poursuivaient

avec une ardeur enthousiaste. La route était coupée, barrée par les abatis, flanquée de hautes barricades. L'unique passage, montant en spirale entre les roches et le précipice, était dominé par l'artillerie que les paysans avaient hissée à force de bras. Le bois des Vignettes, seul accessible à l'ennemi, servait de citadelle aux forestiers. Vers midi, les Autrichiens franchirent le ruisseau et tentèrent l'ascension du col, en refoulant devant eux nos avant-postes. Les Français ne tirèrent pas un coup de fusil ; ils attendaient que l'assaillant fût au centre du cercle de feu.

Beaussant, élu capitaine des volontaires de Claon, gardait les Vignettes. Il avait placé en première ligne les braconniers, invincibles sur leur terrain dans cette guerre de broussailles.

« Garde à vous ! » cria-t-il bientôt.

Les chasseurs hessois, renommés pour leur adresse, s'étaient glissés dans le bois en rampant. La fusillade s'engagea, au moment même où le combat éclatait sur la route. Au sifflement des premières balles, plusieurs villageois perdirent leur sang-froid. Le jeune géomètre craignit une débandade et chercha son salut dans un acte de témérité. Il se dressa soudain à découvert, présenta sa poitrine à l'ennemi, et cria en agitant son chapeau :

« Auriez-vous peur, camarades ? Suivez-moi. Avancez-vous d'arbre en arbre et ne tirez qu'à bout portant. »

Il donna l'élan et les tirailleurs ennemis ne résistèrent pas longtemps à cette vigoureuse attaque. Lorsqu'ils atteignirent le bord de la forêt, les paysans de l'Argonne ne connaissaient plus la peur. Ils riaient en chargeant leur fusil et criaient aux fuyards :

« Vous ne passerez jamais par nos bois ; jamais, jamais ! »

Quelques-uns même, ardents à l'excès, s'étaient aventurés jusqu'en plaine ; un entre autres poursuivait l'escarmouche au delà du ruisseau. Robert ordonna la retraite ; il obéit et revint sans hâte.

« Pourquoi vous mettre ainsi à découvert quand les Hessois tirent ?

— Vous y êtes bien, vous, Monsieur Beaussant. »

Le jeune homme demeura stupéfait.

« Quoi ! vous ? Monsieur de Beaudreuil ?

— Eh bien ! oui, mon compagnon. Vous m'aviez montré, hier, un mauvais chemin ; j'ai trouvé le bon, aujourd'hui. Ai-je tort de le suivre ? »

Beaussant s'inclina avec respect devant le vieux hazis devenu soldat.

Les Autrichiens, à la même heure, avaient été repoussés des Islettes ; un cri de joie s'échappa de toutes les poitrines. Les paysans reprirent leurs postes, bientôt entourés des femmes, qui étaient accourues avec les vivres. Le barbier visita les blessures.

« Regardez M. de Beaudreuil, dit Beaussant ; sa veste est trouée en trois endroits. »

Une voix de femme murmura derrière lui :

« Les balles ne vous ont pas épargné davantage, Robert ; vous vous exposez trop. »

Il se retourna vivement : c'était Marie.

« Ne me donnerez-vous pas la main comme un frère ? » demanda-t-elle.

3.

VI

Les deux journées suivantes se passèrent au milieu des alertes; mais le village était réuni tout entier sous bois, nul ne songeait à se plaindre. Les ménagères faisaient la soupe à quelques pas des embuscades; les enfants sautaient sur les genoux de leur père à côté du mousquet chargé. Robert Beaussant, devenu l'ami des verriers, avait dissipé les préventions et ne craignait plus pour eux que Dancourt. Mais le haineux personnage n'aimait pas l'odeur de la poudre; il avait disparu, pour se préparer loin des lignes à sa carrière de terroriste. Marie n'avait plus sa hauteur, le jeune homme la retrouvait telle qu'autrefois; cette vie rude au milieu des périls avait effacé les préjugés et les distances.

Ce calme heureux ne fut pas de longue durée. Le 20 septembre, au lever du soleil, une formidable canonnade éclata en arrière des défenses de l'Argonne, du côté de Valmy. Kellermann et Dumouriez disputaient l'entrée de la Champagne à l'armée prussienne; la grande bataille était engagée. Bientôt quelques habitants de Clermont, protégés par l'épais brouillard, se glissèrent jusqu'à l'entrée du bois pour donner l'alarme. Les Austro-Hessois se disposaient à marcher au canon. Leur projet était de franchir la forêt à tout prix, pour se jeter de là sur les derrières de l'armée. Or, si ce corps de vingt mille hommes parvenait à déboucher, c'en était fait de Dumouriez. Tous les défenseurs de l'Argonne coururent à leur poste, de nouvelles tranchées furent creusées, les vieux officiers visitèrent toutes les embuscades en échauffant les courages. L'assaillant se jeta à la fois sur la route des Islettes et sur le chemin de la Chalade distant d'une lieue. Les grenadiers de l'Empire s'avancèrent au pas de course en chantant. Les paysans ouvrirent le feu, et le combat devint acharné. Cette avant-garde fut décimée, mais le gros de la colonne apparut, escalada les premiers abatis et parvint à mi-côte malgré une résistance acharnée. A cet instant critique, le chef des artilleurs démasqua sa batterie qu'il avait déplacée pendant la nuit, et couvrit de mitraille les Autrichiens, pendant que l'infanterie les prenait en queue. En vain le landgrave pressait l'arrivée de ses canons : les braconniers, du haut de la roche, abattaient les chevaux d'une balle sûre, et les attelages roulaient fracassés dans la combe. La mêlée devint furieuse, mais à la fin l'ennemi lâcha pied, et le landgrave de Hesse, refoulé au centre de cette cohue, tomba de cheval. On le crut mort; les volontaires pressèrent avec un élan nouveau les troupes déconcertées; la victoire était certaine. Mais, à cet instant précis, des cris lamentables s'élevèrent dans le bois, vers le campement des femmes : les Français étaient tournés. Marceau, colonel du régiment de Chartres, s'enfonça sous le couvert pour arrêter ce fatal mouvement; Robert Beaussant l'appuya avec sa compagnie, après en avoir distrait une vingtaine d'hommes, sous les ordres du verrier, pour la défense immédiate du campement. Quelques coups de fusil se faisaient entendre, et la corne d'appel des pâtres annonçait que les fermiers armés de fourches allaient prendre part à la chasse. Le vieux hazis entraîna rapidement sa petite troupe, et, quand il eut atteint la lisière du grand bois, ses yeux découvrirent quelques femmes, Marie en tête, qui défendaient à coups de mousquet l'entrée de la clairière.

« Courage, mon enfant! s'écria-t-il; en avant, le dernier des Beaudreuil! »

Il se précipita, renversa un premier ennemi; se tourna, la crosse haute, vers un autre, reçut une balle au milieu du front et tomba devant les paysans exaspérés. Une heure après, les Austro-Hessois étaient rejetés de la forêt et reconduits au pas de charge par Marceau jusqu'aux faubourgs de Clermont. Au loin, le canon de Valmy tonnait toujours, annonçant la défaite des Prussiens. Le patriotisme avait sauvé la France.

C'est là que, vers la même heure, Gœthe, volontaire de Weimar, a dit en montrant aux siens les bois de l'Argonne et le tertre de Valmy : « De ce lieu et de ce jour date une nouvelle époque dans l'histoire du monde. »

Lorsque les forestiers et les volontaires de Claon rentrèrent à leur campement, il y avait bien des vides dans leurs rangs, et les femmes tremblaient encore au souvenir de leurs angoisses. La victoire ne va pas sans larmes. Au pied d'un grand hêtre, le corps du gentilhomme verrier gisait sur un lit de feuilles, et près de lui Marie, agenouillée, plongée dans un morne désespoir, demeurait immobile. Les habitants du village, tête nue, entouraient le groupe funèbre. Le jeune capitaine s'inclina et serra tristement cette main froide. Lui-même était blessé, sous son étreinte les doigts du hazis devinrent rouges.

L'homme du passé et l'homme de l'avenir avaient défendu côte à côte la patrie; on aurait dit que leur sang s'unissait.

« Robert, murmura Mlle de Beaudreuil, me voilà seule au monde.

— Non, Marie; je suis là. Tant que je vivrai, vous aurez un ami et un appui. »

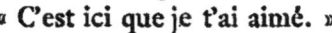

Le soldat partit; sa famille devint celle de l'orpheline.

Quatorze ans plus tard, après la bataille d'Iéna, le général de division comte Beaussant, arrivé de la veille en congé, suivait doucement un sentier dans le bois des Vignettes. Sa femme, toujours belle, s'appuyait à son bras, et deux frais bambins, le frère et la sœur, jouaient devant eux sous la feuillée.

« Vois-tu cet arbre, Robert? dit le général au jeune garçon; c'est ici que j'ai tiré ma première balle. »

Marie contempla son mari avec tendresse et murmura :

« C'est ici que je t'ai aimé. »

A PARIS

DES PRESSES DE JOUAUST ET SIGAUX

Rue de Lille, 7

—

M DCCC LXXXVIII